a b c d [e] [f]

g h i j k l

m n ñ o p q

r s t u v w

x y z

A B C D E F

G H I J K L

M N Ñ O P Q

R S T U V W

X Y Z

CUENTO
DE LUZ

A las Ayobamis, que representan a todos los niños del mundo que desean ir a la escuela.
— Pilar López Ávila —

A mi familia: gracias por estar siempre a mi lado.
— Mar Azabal —

Impermeable y resistente
Producido sin agua, sin madera y sin cloro
Ahorro de un 50% de energía

Ayobami y el nombre de los animales
© 2017 del texto: Pilar López Ávila
© 2017 de las ilustraciones: Mar Azabal
© 2017 Cuento de Luz SL
Calle Claveles, 10 | Urb. Monteclaro | Pozuelo de Alarcón | 28223 | Madrid | Spain
www.cuentodeluz.com
ISBN: 978-84-16733-41-5
Impreso en PRC por Shanghai Chenxi Printing Co., Ltd. julio 2017, tirada número 1617-4

AYOBAMI

Y EL NOMBRE DE LOS ANIMALES

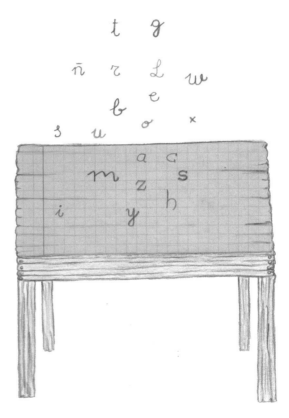

Pilar López Ávila
mar Azabal

Cuando terminó la guerra, el maestro pasó por cada casa
anunciando que al día siguiente los niños podrían volver a la
escuela.

Y salieron a la calle gritando de alegría.

Reían y se abrazaban.

Estaban muy contentos.

Al amanecer, Ayobami ya estaba vestida antes de que su papá la despertara.

Le dio un trozo de papel y un lápiz desgastado.

—Espera a los demás niños para no ir sola.

Pero tenía tantas ganas de ir a la escuela que no quería esperar a nadie.

—Estoy impaciente por aprender a leer y a escribir.

Entonces su papá hizo un barquito con otro pedazo de papel.

Lo puso sobre el río que pasaba frente a su casa y le dijo:

—Síguelo corriente abajo y así vas a llegar a la escuela.

Ayobami caminó tras el barquito de papel, que navegaba rápido sobre las aguas del río, hasta que quedó atrapado por una rama.

Mecido tan solo por la corriente, al cabo de un rato se hundió.

Ayobami se quedó triste mirándolo.

—¿Cómo voy a llegar ahora a la escuela?

Un hipopótamo la contemplaba desde el río.

—¿Qué te ocurre, niña?

Ayobami le contó que su barquito de papel se había hundido y ya no sabía cómo llegar a la escuela.

—Yo puedo indicarte un camino más corto, pero tienes que prometerme que cuando regreses vas a escribir mi nombre.

La niña estuvo de acuerdo.

—El camino más corto, y el más peligroso, es el que se adentra en la selva. Hay muchos animales que desean comerte, pero si no te detienes vas a lograr llegar a la escuela.

Y Ayobami tomó el camino de la selva.

Un cocodrilo oculto bajo el húmedo suelo se interpuso en su camino.

—¿Dónde vas, niña?

—Voy a la escuela para aprender a leer y a escribir.

—¿Y para qué sirve leer y escribir?

—Para… escribir tu nombre. Deja que siga mi camino y cuando regrese de la escuela lo voy a escribir en un papel.

—Está bien. Aquí te espero. Sigue tu camino.

El cocodrilo se apartó y Ayobami siguió caminando sin mirar atrás.

Un leopardo que acechaba sobre la rama de un árbol le salió al encuentro.

—¿Dónde vas, niña?

—Voy a la escuela porque quiero aprender a leer y a escribir y, si no me comes, cuando vuelva voy a escribir tu nombre en un papel.

El leopardo se quedó pensativo.

—De acuerdo. Espero que así lo hagas.

Y se apartó de su camino.

S

S

S

S

S

S

Después apareció ante ella una gruesa y larga serpiente.

—Hola niña, tengo mucha hambre y quiero desayunar.

—No me comas serpiente, que al regresar de la escuela voy a escribir tu nombre en un trozo de papel.

—Nunca vi mi nombre escrito en un papel.

Y la serpiente se apartó para dejarla seguir su camino.

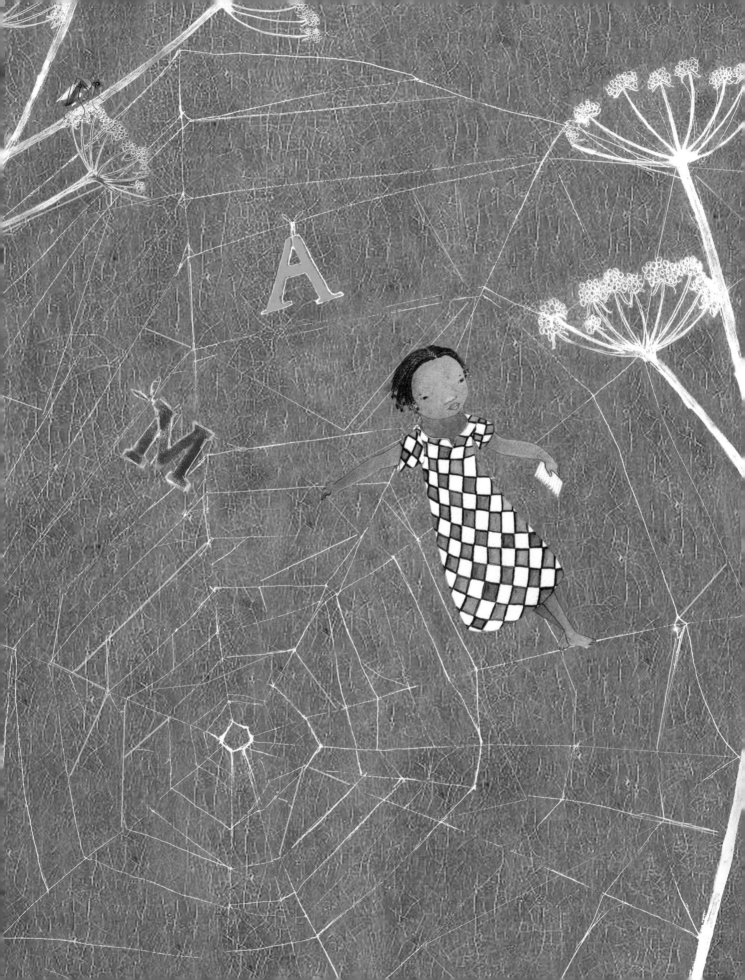

Se topó después con una araña de cuerpo peludo y largas patas.

—Nunca comí niña al amanecer.

Pero Ayobami le dijo que le escribiría su nombre si la dejaba seguir adelante.

La araña estuvo de acuerdo y la dejó pasar.

Zumbando ante ella apareció un mosquito insignificante.

—Aunque casi no me ves, puedo ser más peligroso de lo que crees.

Ayobami le rogó que la dejara llegar a la escuela y a cambio le escribiría su nombre.

El mosquito se quedó a esperarla en aquel mismo lugar.

Ayobami salió por fin de la selva y llegó la primera a la escuela.

El maestro esperaba a la puerta.

Tras ella aparecieron los demás niños que venían por el camino del río.

En la escuela, Ayobami aprendió las letras.

A enlazarlas para formar sílabas.

A entrelazar las sílabas para formar palabras.

A mezclar las palabras para formar frases.

Escuchó la música que nace de las palabras.

Al atardecer, Ayobami se despidió del maestro.

Llevaba en la mano su papel escrito tan solo por una cara.

Y regresó por el camino de la selva.

mosquito

araña

serpiente

El MOSQUITO estaba esperando.

Le dio el trozo de papel con su nombre y el insecto se fue zumbando muy contento.

La ARAÑA también aguardaba.

El arácnido se fue con su nombre moviendo alegremente sus peludas patas.

La SERPIENTE se había enroscado en una rama.

El reptil se deslizó por el suelo de la selva y se perdió entre la hojarasca con su nombre.

El LEOPARDO bajó del árbol al verla pasar.

Y se subió otra vez con su nombre para seguir sesteando.

El COCODRILO apareció de debajo del suelo.

Le dio el papel con su nombre y se enterró otra vez muy contento.

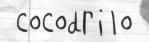

cocodrilo

hipopótamo

leopardo

Ayobami salió de la selva y le dio al HIPOPÓTAMO el último trozo de papel que le quedaba.

Y se hundió con su nombre en el fondo del río.

Anochecía y los papás de Ayobami estaban sentados
a la puerta, esperándola con impaciencia.

—Muéstrame lo que aprendiste— le dijo su papá.

Pero Ayobami se había quedado sin papel y el lápiz estaba gastado.

Se metió en casa muy disgustado, pensando que su hija había perdido el tiempo en la escuela.

Su mamá la abrazó.

Ayobami se sentó a la puerta esperando a que la noche terminara de llegar.

De madrugada se levantó un viento muy fuerte.

Un viento furioso que arrancó el polvo de los caminos.

Revolvió las aguas del río.

Removió las hojas caídas en el suelo de la selva.

Despertó a los animales que soñaban con sus nombres escritos en un trozo de papel.

Un poco antes de que Ayobami se despertara, el viento llamó a la puerta de la casa. Su papá la abrió y encontró en el suelo un papel escrito. Estaba hecho de pequeños trozos unidos entre sí. En cada uno aparecía una palabra.

Ayobami las fue leyendo:

MOSQUITO, ARAÑA, SERPIENTE, LEOPARDO, COCODRILO, HIPOPÓTAMO

El padre de Ayobami comprendió que en la escuela había aprendido a leer y a escribir. Y había hecho soñar a los animales con el sonido de sus nombres.

Con otro pedazo de papel y otro pequeño lápiz, la niña se fue de nuevo a la escuela. Por el camino que lleva al lugar donde nace la esperanza.

A B C D E F

G H I J K L

M N Ñ O P Q

R S T U V W

X Y Z

a b c d e f

g h i j k l

m n ñ o p q

r s t u v w

x y z

a b c d e f
g h i j k l
m n ñ o p q
r s t u v w
x y z

A B C D E F
G H I J K L
M N Ñ O P Q
R S T U V W
X Y Z

Ayadami

A B C D E F

G H I J K L

M N Ñ O P Q

R S T U V W

X Y Z

a b c d e f

g h i j k l

m n ñ o p q

r s t u v w

x y z